MANDEMENT

DE SON EMINENCE

MONSEIGNEUR LE CARDINAL

DE NOAILLES,

ARCHEVESQUE DE PARIS.

Du 16. juin 1725.

Pour l'Ouverture des Prieres de quarante heures.

OUIS-ANTOINE DE NOAILLES par la permission divine, Cardinal Prêtre de la Sainte Eglise Romaine du Titre de Sainte Marie sur la Minerve, Archevêque de Paris, Duc de S. Cloud, Pair de France, Commandeur de l'Ordre du S. Esprit, Proviseur de Sorbonne, & Superieur de la Maison de

Navarre. A tous les Fideles de nôtre Diocese : SALUT ET BENEDICTION. L'Abondance des pluyes qui tombent presque sans discontinuer depuis environ deux mois donnant lieu de craindre pour les biens de la terre, & faisant apprehender que les rivieres déja extrêmement enflées ne débordent, & ne ravagent les campagnes. A CES CAUSES, tant pour satisfaire à l'obligation de nôtre ministere, que pour suivre les ordres du Roy qui Nous ont été portez de sa part, après en avoir conferé avec nos Venerables Freres les Doyen, Chanoines & Chapitre de nôtre Eglise Metropolitaine, Nous celebrerons Lundy prochain dix-huitiéme jour du present mois de Juin en nôtredite Eglise une Messe solemnelle pour demander à Dieu un temps plus favorable, & nous y ferons l'ouverture des Prieres publiques, par les Prieres de quarante heures avec exposition du Très - saint Sacrement, qui continuëront les deux jours suivans, & qui ensuite se feront dans les autres Eglises selon l'ordre ci - dessous marqué.

Tous les Prêtres de nôtre Diocese Seculiers & Reguliers, exempts, & non exempts continuëront de dire jusqu'à nouvel ordre à toutes les Messes qu'ils celebreront la Collecte *Effunde, quæsumus, Domine Deus noster*, intitulée dans le Missel *pro Fructibus terræ*, suivant ce qui est prescrit par nôtre ordre du six du present mois de Juin. Si mandons aux Archiprêtres de sainte Marie Magdelaine & de saint Severin, qu'ils ayent à signifier ces Presentes à tous Abbez, Doyens, Prieurs, Curez & autres qu'il appartiendra, afin qu'ils s'y conforment. DONNE' à Paris le seiziéme jour de Juin mil sept cent vingt-cinq.

Signé, † L. A. Card. DE NOAILLES, Ar. de Paris.

Par Son Eminence ,

EGLISES DÉSIGNÉES.

Lundy 18. Juin & les deux jours suivans.
NOSTRE-DAME.

Jeudy 21. Juin & les deux jours suivans.
SAINTE GENEVIEVE DU MONT.
La Magdelaine en la Cité.
L'Hôtel-Dieu.
Saint Antoine des Champs.
Les Jacobins de la ruë Saint Honoré.
Les Augustins, près le Pont-Neuf.

Dimanche 24. & les deux jours suivans.
SAINT GERMAIN DES PREZ.
Saint Eustache.
Les Jacobins de Saint Jacques.
Les Jésuites de la ruë Saint Antoine.
Saint Barthelemy.
Les Celestins.

Mercredy 27. & les deux jours suivans.
SAINT VICTOR.
Saint Sulpice.
Les Capucins de la ruë Saint Honoré.
Les Enfans Trouvez, Faubourg Saint Antoine.
Saint Pierre des Arcis.
Saint Loüis en l'Isle.

Samedy 30. & les deux jours suivans.
La Sainte Chapelle.
Saint Germain l'Auxerrois.
Saint Paul.
Les Capucins de Saint Jacques.

Saint Martin des Champs.
Les Jesuites du Noviciat.
Mardy 3. Juillet & les deux jours suivans.
Saint Marcel.
Saint Roch.
Le Saint Sepulcre.
Sainte Marguerite.
Les Carmes de la Place Maubert.
Les Augustins de la Reine Marguerite
Vendredy 6. Juillet & les deux jours suivans.
Saint Severin.
Saint Merry.
Saint Nicolas du Chardonnet.
Les Cordeliers.
Les Feüillans de la ruë S. Honoré.
Les Carmes Billettes.
Lundy 9. & les deux jours suivans.
Saint Benoist.
Saint Nicolas des Champs.
Saint Gervais.
Les Jacobins du Faubourg S. Germain.
Les Capucins du Marais.
Les Prémontrez de la Croix Rouge.

CHEVALIER.

De l'Imprimerie de Jean-Baptiste Delespine, Imprimeur & Libraire ordinaire du Roy, & de S. E. M. le Cardinal de Noailles. 1725.